GUSTAVE KAHN

MOURLE

2ᵉ édition

PROSATEURS FRANÇAIS CONTEMPORAINS

F. RIEDER ET Cⁱᵉ, ÉDITEURS

7, PLACE SAINT-SULPICE

PARIS

MOURLE

A LÉON ZAMARON

GUSTAVE KAHN

MOURLE

2ᵉ *édition*

PROSATEURS FRANÇAIS CONTEMPORAINS

F. RIEDER ET Cⁱᵉ, ÉDITEURS

7, PLACE SAINT-SULPICE

PARIS

PREMIÈRE PARTIE

Mourle s'arrêta devant *Tranquille-Abri*, son petit sac de voyage à la main. Il s'étonnait. La maison était comme ensevelie d'ombre. Pas de lumière aux fenêtres, pas de bruits de voix. La grille ouverte, le jardin semblait noyé de broussailles. Mourle se souvenait de *Tranquille-Abri*, trois mois auparavant, clair d'une roseraie, joli comme un petit Trianon. « Bah ! se dit Mourle, le cœur tout de même un peu serré, la saison ! Déjà les brises d'automne ! » Son pas fit craquer des feuilles sèches. « Eh ! Rogny, mon vieux Rogny, es-tu là ? »

La porte de la maison s'ouvrit.

— On dirait la voix de Mourle !

— Lui-même !

— Entre ! j'éclaire.

L'électricité dora le perron et la démarche voûtée de Rogny qui ouvrait un petit salon.

— Viens ! murmurait Rogny, assieds-toi ! Quelle bonne surprise ! Tu nous restes quelques jours ? Pourquoi n'as-tu pas prévenu ? Je serais venu te chercher à la gare !

— Je me suis décidé très soudainement !

— Affaire ? fâcheuse ?

— Non ! télépathie, pressentiment ! Je me suis dit : Mon vieux Rogny doit avoir besoin de moi ! Je suis venu ! Allons, vieux, sans phrases, entre copains demi-séculaires.... la franchise ! n'est-ce pas ! Tu n'as pas l'air heureux. Le petit vieillard rose tourne au grisâtre ! Fatigue ? Maladie ? Ennui ? Vie chère !... Tu sais ! le peu que Mourle...

— J'en suis certain, mais je n'ai besoin de rien ! Merci tout de même ! As-tu dîné ?

— Goûté plutôt... dans le train.

— Des œufs et du gruyère, cela ira ? avec une bouteille de Mercurey ?

— La fête ! mais je ne dîne pas seul, j'espère !

— Oh ! je te tiendrai vaguement compagnie !... Aide-moi à mettre la table, par exemple !

— Eh bien ! et Cendrillon ?

— En visite, mon vieux ! chez une vieille comtesse genre d'Escarbagnas qui s'est férue d'elle, dont elle s'est férue !

— Bizarre !

— Non ! elle s'ennuie dans ce trou !
Enfin !

— Enfin ? Voilà qui ne veut rien
dire ! Assieds-toi, Rogny ! Voyons ! Il y
a trois mois, je suis venu ici dans la
maison du bonheur ! Il y a quelque
chose de cassé ! Je vois la lézarde !
mais où prend-elle naissance et vers où
fendille-t-elle ?...

— Mais non ! Mourle ! Il n'y a rien,
sauf que je suis vieux. Il y a trois mois,
je n'étais pas infirme. Je le suis devenu.
Je vois peu, j'entends mal, je marche
difficilement !... La vie chère m'enclot
dans ma maisonnette. Le nécessaire ab-
sorbe tout et un peu de superflu est nécessaire à Cendrillon. L'hiver à Paris ? j'y
répugne ! L'envoyer chez des parents ?
Elle refuse pour ne pas me laisser seul !
Son humeur s'aigrit. Elle était ma gaîté.

La voici triste ! Je suis sombre ! C'est tout. Tiens, prends donc une assiette dans le buffet. Je vais cuire les œufs.

— Pas la peine ! fromage, pain et vin, ça suffit.

— A ta guise !

— Mais ! si tu faisais prévenir Cendrillon ?

— Je n'ai personne le soir. Elle ne tardera pas.

La jeune fille tarda. Mourle et Rogny agitaient de vieux souvenirs lorsqu'elle s'encadra dans la porte. « Tiens l'ami Mourle ! quelle gentille surprise ! » dit-elle d'un pâle sourire contraint qui étonna Mourle plus que tout.

— Voyons, Cendrillon, on s'embrasse ?

Elle tendit le front qu'il sentit fiévreux sous ses lèvres.

— Je vais préparer votre chambre, ami Mourle, et puis vous m'excuserez !

Je me retirerai car je suis affreusement lasse ! »

« Lasse et triste ! pensa Mourle. Mais moi aussi, je suis fatigué de mes six heures de train et le repos m'appelle. »

Le lendemain, de bonne heure, Mourle
était descendu au jardin. Cendrillon avait
déjà vaqué à ses besognes ; en toilette du
matin, le filet à provisions à la main, elle
se dirigeait vers la grille. « Cendrillon,
dit Mourle, m'agrées-tu comme compa-
gnon de courses ? »

— Bien volontiers.

Mourle regardait de côté la jeune fille.
Elle aussi, depuis trois mois semblait
avoir changé. La face s'était amaigrie.
Le profil était un peu plus aigu, le regard
doré à la fois moins vif et plus assuré.

Mourle eut une intuition qu'il tenta im-
médiatement de balayer, et très vite, de son
esprit, connaissant tout le passé, tout. le
souvenir juvénile, toute la grâce enfantine
encore, dont s'était ornée, jusqu'à sa
dernière visite aux Rogny, l'image de
Cendrillon. Mais, certes, Cendrillon avait
maintenant l'aspect plus *femme*. Les indé-
finissables caractères qui, dans la physionomie, indiquent la *jeune fille* paraissaient
s'être ternis. Un si franc sourire passa
sur les lèvres de Cendrillon, lorsque Mourle
lui rappela des matinées pareilles où ils
se disputaient le filet à provisions, qu'ils
jugeaient tous les deux trop lourd, pour
l'un et pour l'autre, qu'il en fut rafraîchi.
Il écouta la jeune fille marchander sage-
ment et courtoisement, parmi la gaîté des
campagnards qu'une sympathie pour Cendrillon rendait amènes. Quand il rentra,
il était rasséréné. Mais de nouveau la

villa lui parut triste ! Ce n'était plus
comme la veille la détresse de la maison
sans lumières. La maisonnette blanche
était comme argentée d'un mat et frileux
soleil d'octobre. Ce pouvait être la saison
qui avait flétri, aux légers balcons de bois,
les fleurs annuelles ; la dernière pluie qui
avait verdi les boiseries ; c'était la rouille
des arbustes qui assombrissait le jardin ?
Mais non, l'or des feuilles tombées et leurs
robes brunes n'engendraient point la tris-
tesse. Ce qui manquait maintenant, c'était
l'impression d'aise et de joie qui venait
naguère du parfait état de tout ! De la
négligence se devinait à l'épars des feuilles,
aux branchettes sèches des bouquets du
balcon, à la présence des boulettes ternies
des fleurs mortes, et Rogny qui descen-
dait, la pipe aux lèvres dans sa robe de
chambre élimée, complétait cette sensation d'usure, qu'on n'étaie plus de mille

soins réguliers. Tout à coup, les yeux de Mourle s'étant dirigés du côté de la fenêtre ouverte de la cuisine, il vit Céline, la vieille femme de journée, appuyée sur son balai. Céline était songeuse ; son regard suivait les mouvements de Cendrillon alerte et vive dans ses préparatifs culinaires. Ce regard était lourd, craintif et apitoyé. Mourle se détourna et, jovialement, entreprit Rogny.

— Mon vieil ami, vas-tu pas renoncer, pour un matin, à tes habitudes casanières. J'ai gardé un souvenir vibrant de certain Porto qu'on boit au café du Midi, le meilleur de Tilly-sur-Mer. Sur la terrasse, par ce joli soleil d'arrière-saison, il sera meilleur encore. Allons en vider un, deux, quatre verres !

— Eh même moins ! gronda gentiment, de sa fenêtre, Cendrillon.

— Et même plus ! s'écria Mourle. Du

diable si je me trompe ! Vous n'avez, ni l'un ni l'autre, l'air gai.

Cette attaque directe, risquée comme à la folle, glissa sur Rogny qui répondit : « J'ai la gaîté de mon âge ! » Mais c'était sur Cendrillon que Mourle guettait l'effet de son insinuation. Le regard de Mourle glissa sur la nuque de Cendrillon qui se courbait sur la petite table de la cuisine. Une légère rougeur, à peine perceptible, peut-être, au coin du profil perdu ? Il n'en était même pas certain !

— Tu devrais, Rogny, avoir non pas la gaîté de ton âge, mais celle de l'âge de ta jolie fille !

— C'est ce que je lui dis toujours, lança Cendrillon, mais monsieur a ses vapeurs ! Allons, papa, va mettre un veston et file avec Mourle jusqu'à midi. Tu auras une prime !

— Et laquelle ?

— Si je te la dis, ce ne sera plus une surprise. Va, le déjeuner te plaira !

— Allons, consentit Rogny.

*

Les deux amis se dirigèrent vers le café. En route, Mourle hasarda.

— Et comment la vie s'est-elle passée entre mes deux visites !

— Comme d'habitude ! sauf qu'on a vu un peu plus de monde. Tu penses bien que je voudrais procurer à Cendrillon quelques plaisirs de relations, puique je ne puis faire mieux ! Elle va souvent chez cette Mme de Froidurel, dont je te parlais hier et que je surnomme Mme d'Escarba-gnas, pour la contrastante jeunesse de son attifement sur un corps et autour d'un masque vieilli. Je ne l'aime guère, mais ici on n'a pas le choix. Elle reçoit des jeunes

gens, notamment ce M. René de Rolleville,
autos et dancing ! Ce n'est pas l'affaire
d'une réfléchie comme Cendrillon ! Et
puis Dotelle, un petit ingénieur plus sérieux, coureur de dot, un M. de Favère,
marié, mal marié, dit-on. Il y a encore
d'autres personnes, pas mal de jeunes
gens ; tout ça cherche le mariage riche.
Je n'ai, tu le sais, que ma retraite et ma
maisonnette ! C'est strict ! Le mariage
d'une fille sans dot, ou presque, n'est pas
commode ! Si quelque chose m'attriste,
c'est cela ! Je vieillis ! Admets un coup
brusque, qu'on me tourne la page, soudainement ! Voilà une petite fille toute
seule dans l'existence. Elle a de la maturité,
ayant, comme tu sais, perdu sa mère très
jeune. Elle est devenue très vite la petite
Cendrillon, bonne ménagère, avisée. Mais
je n'ai point de parents proches. Évidemment, vieux Mourle, j'ai toujours pensé

que, moi défaillant, tu l'entourerais de
plus d'affection, mais...

— Mais, je suis vieux aussi ?

— Entendu ! mais robuste !

— Toi d'ailleurs, tu es un vieux
chêne !

— Eh ! eh ! le cœur ! mon ami, le
cœur !

— Tu es amoureux ? dit, en riant
Mourle.

— Non ! sérieusement, je me sens le
cœur fragile.

— Rien de grave ?

— Tout devient grave. Tu sais, cette
mort douce des vieillards, par suffocation
d'un instant, je la redoute, tous les soirs,
comme un malheur terrible et immédiat
pour ma Cendrillon !

— Allons vieux ! voilà bien des chimères
couleur de nuit, que l'or velouté du Porto
va effilocher dans un ciel bleu ! Voici

la terrasse demandée ! Prenons-y place !
Ont-ils des journaux, ces gens-là ?

— Pas beaucoup.

— Enfin ! nous ne les lirons pas tous !
L'essentiel est de frayer les voies au déjeuner succulent qui nous est réservé.

Et les vieux amis continuèrent à deviser
de l'heure présente et de mille souvenirs.

Cendrillon cousait sur le banc du jardin. Mourle l'observait à travers la fenêtre ouverte du petit salon. Rogny était allé régler quelque affaire. Mourle posa son livre, sa pipe et vint s'asseoir auprès de la jeune fille.

— Cendrillon, tu vas être franche avec ton vieil ami Mourle !

— Quel prélude !

— Cendrillon ! ton petit cœur n'est plus libre.

— Que si !... d'ailleurs cela ne regarde que mon petit cœur !

— Oh ! Cendrillon ! tu sais que je suis

le meilleur, le plus éprouvé des amis de
Rogny, que ta mère m'honorait de son
affectueuse estime. J'ai pour toi une affection d'oncle. L'oncle peut être donné
par l'amitié comme par le sang ! Les
oncles, à titre gracieux, sont les meilleurs,
même lorsqu'ils se trouvent, comme l'ami
Mourle, des oncles à ressources modestes
de petits retraités. Si tu ne me fais pas
confiance, je ne pourrai t'entretenir d'un
projet que j'ai conçu et que je comptais
exposer à ton père ; c'est d'ailleurs le but
de mon voyage.

Cendrillon le regardait d'un air surpris.
Elle comprenait certainement que Mourle
improvisait.

— Mais, reprit Mourle, avant d'en parler
à ton père, il me faut m'en ouvrir à toi
et obtenir ton agrément.

— Parlez, mon oncle.

— Il faut que je t'embrasse, pour te

remercier de me donner le titre que j'ambitionne ! Eh bien ! voilà ! Inutile de te répéter que je suis vieux et seul. Mais je puis t'affirmer que, depuis quelques mois surtout, cette solitude m'est plus lourde. J'ai songé : ma pension et celle de Rogny s'équivalent puisque nous avions mêmes grades et fonctions pareilles. Alors, on pourrait, peut-être, par ce temps de vie chère, mettre en commun les deux pensions. Votre chambre d'ami, qui est ma chambre ordinaire, deviendrait mon domicile. Je passerais mes derniers jours entre mon frère et ma nièce de cœur ! Qu'en penses-tu ?

— Cela me ferait grand plaisir !... Mais...

— Mais ?... Quoi ?...

— Rien !

— Songe, Cendrillon, que si Cendrillon allait rencontrer le Prince Charmant et s'en aller en carrosse doré vers des palais lointains, le vieux Rogny demeurerait bien esseulé et bien malheureux ! Il est vrai que si tu te maries ?...

— Si je me marie !

— Tu garderais peut-être ton père auprès de toi ?

Cendrillon ne répondait point. Elle rougit.

— Cendrillon ! dit Mourle, la vérité !

— Elle est terrible, murmura Cendrillon.

— Tu n'es pas aimée.

— Je suis délaissée.

— Oh ! Cendrillon !

Le regard de Mourle pesait sur Cendrillon. Elle le soutint, un instant, résolument, puis sembla se tasser toute ; elle murmura d'un ton sourd et bref : « Je ne suis plus jeune fille » et fondit en larmes. Il parut à Mourle que cet aveu enlaidissait

Cendrillon ; il crut sentir quelque chose se détacher de lui, comme une gaine qui se briserait brusquement autour de son cœur. Une sorte de pincement le tenaillait à la nuque et à l'épigastre, une douleur physique réelle. Son affection pour la petite Cendrillon était-elle demeurée toute paternelle ? Il se demanda si cette amitié ne s'était pas, à son insu, nuancée de désir. « Vieux fou, que je suis », songea Mourle et il reprit les rênes de sa volonté.

Cendrillon avait tamponné ses yeux et sans relever la tête, très doucement, et comme constatant l'inextricabilité de la vie, glissa : « Qu'y pouvez-vous ? »

— Mais voir cet homme et en ton nom, exiger...

— Il est marié !

— Comment as-tu pu, Cendrillon...

— Je ne sais plus.

Et la face de la jeune fille se mura.

— Mais il t'a aimée ?

— Que sais-je ? Sans doute! à moins qu'il n'ait goûté que la furtivité de cet amour dans la langueur des soirs d'été ! une surprise pour tous les deux...

— Mais ne peut-il divorcer ?

— C'est sa femme qui est riche !

— Ce n'est pas d'un joli caractère... cela ne t'a pas arrêtée ?

— Je n'ai su qu'après !... Cela m'a dégoûtée, Mourle !... cette contenance affreuse, à la fois timide et brutale de l'homme qui se dérobe... et puis la fuite sans nouvelles... la cassure b......

— Il ne t'a jamais écrit ?

— Non ! ni moi.

— Il n'a pas de lettres de toi ?

— Aucune.

— Même indifférente ?

— Aucune.

— Dis-moi son nom ?

— A quoi bon !

— Dis-le moi !

— Non, Mourle, jamais. Personne ne saura rien de ce passé qui n'est plus !

— Depuis combien de temps ? Deux jours, peut-être !

— Davantage ! mais qu'importe !

— Et si...

— Quoi ?

— Je tremble d'insister... mais, après ton aveu ! Si votre rencontre, votre amour, si bref qu'il ait été, devait éclater au grand jour, par une preuve indéniable !... si tu...

— Eh bien ?

— Non, ce serait trop horrible ! pour ton père ! pour toi ! pour ta réputation !... si tu... non, ça ne passe pas !

— Si j'avais un enfant ?

— C'est cela !

— La mer n'est pas loin, Mourle. Si

j'en avais l'avertissement, j'irais un peu trop loin, passé les brise-lames ! à temps pour que rien ne décèle ma faute !

La petite figure de Cendrillon s'était fermée. Le regard fixait les arbustes défleuris et les corbeilles vides. Une moue de la bouche, avec la jeunesse des joues pleines, rappela brusquement à Mourle, Cendrillon enfant. C'était le même air d'entêtement doux que lorsqu'elle boudait son père ou le vieil ami. Comme une primitivité de l'être fusait à ses lèvres d'où le souffle sortait un peu pressé et la pitié montait du cœur de Mourle, comme vers un être fragile et qu'il avait connu plus fragile encore. Mais la volonté de Cendrillon ? Mourle n'en doutait pas ! Elle avait perdu sa mère très jeune et très jeune elle avait été près du vieux Rogny une petite maman attentive, vite experte au ménage, en assumant toute la charge,

avec des qualités de droiture, en bon gar-
çonnet, et parfois Mourle, en même temps
qu'il avait surnommé Cendrillon la petite
Marthe Rogny, pour son âpre besogne au
foyer étroit, l'appelait pour son entrain
et aussi son honnêteté quasi-virile, Cendrillonet.

— Oh ! petit Cendrillonet, dit-il, après
un lourd silence chargé de leurs craintes
à tous les deux... Moralement, le brise-
lames est loin... Mourle se mettra en travers !

— Écoutez, Mourle, reprit Cendrillon ;
j'ai réfléchi beaucoup, tous ces derniers
jours, eh bien, les remèdes que vous m'of-
frez, je suis décidée à me les refuser. Si ce
que vous craignez et que je redoute aussi,
n'arrive pas, je resterai vieille fille auprès
de mon père, jusqu'à son dernier jour...

— Et après ?

— Et après, il me restera comme fortune, cette maison et rien de plus. Je la vendrai et j'irai travailler obscurément à Paris... des leçons ! une place ! que sais-je ? je me débrouillerai !

— Mais si ce que tu crains...

— La mer !... ma résolution est arrêtée !

— Mais ce serait pour ton père un coup terrible ! Il est cardiaque, il mourrait avant que ton corps ait repassé le seuil de sa maison. As-tu le droit de faire cette victime ?

— Hélas ! Mourle ! s'il apprenait la vérité, le coup ne serait pas moins dur ! autant vaut qu'il emporte pure l'image de sa petite Cendrillon !

Un sanglot la courba.

Mourle sentait les larmes monter à ses yeux.

— Cendrillon, permets-moi de revenir sur quelques mots que nous avons échangés tout à l'heure ! Ce joli monsieur ?—

— Eh bien !

— Tu continues à taire son nom ?

— Certes !

— Mais quel est-il ? Quel est son caractère ?

— Vous ne trouverez pas, dans ce que je pourrai vous dire, d'éléments de repêchage pour moi ! Un piétiste, bellâtre, faux bonhomme, qui m'a amadouée par un étalage d'affection paternelle, jusqu'au jour où il a déploré devant moi l'amertume et le vide de sa vie, de sa maturité gâchée du fait d'une femme acariâtre, qu'il était résolu à quitter, non seulement par amour pour moi, mais par rancune, pour sa vie dévastée. Un éteignoir de toute chimère, de toute gaieté, un modèle de sécheresse et d'égoïsme, voilà ce qu'elle était ! Nous devions partir ensemble... pas fuir ! partir, face à tous ! Mon père eut appris en même temps notre amour et qu'il mettait

l'irréparable entre sa femme et lui. C'eut
été d'ici même que l'auto nous aurait
emmenés ! Et le lendemain du jour, oh !
du jour ineffaçable ! j'avais devant moi
un petit garçon, qui parlait de prudence,
l'œil faux, qui me proposait de s'aimer sur
la pointe des pieds, dans les coins, tremblant d'être découvert et en même temps
désireux d'afficher sa conquête, indécis
entre son immense désir qu'on connût
sa bonne fortune et sa terreur que sa
femme n'en vienne à lui couper les vivres !
Alors je l'ai mis en demeure de tenir ses
promesses et... je ne l'ai plus revu !

— Et s'il revenait ?

— Mourle, je crois bien que moi non
plus, je ne l'aimais pas !

— Tu aimais l'amour, ce que tu croyais
être l'amour ! un bouquet de mots, un
parfum de chant, un sourire de l'été, toute
l'illusion ! toute l'illusion, Cendrillon, qui

broche de soleils et d'étoiles un sac de toile grossière ; mais c'est le désir, ce n'est pas l'amour.

— Pourquoi n'est-ce pas l'amour !

— C'est le désir, Cendrillon, qui, ici, l'été, parmi les effluves salines sur les jardins du soir, sous les lanternes vénitiennes qui mettent à tous les bosquets des signaux de fête de nuit, avec les musiques lointaines qui partent de toutes les villas, et ce fracas des autos des gens qui se hâtent vers le plaisir, le jeu, la fête, en trombe, c'est le désir qui s'allume de tant d'apparences dorées, et suscite la fièvre et la soif des sens vers la joie, vers la joie rapide, à capter comme une fleur de haie, au passage, pendant que l'auto file.

— Si ce n'est pas l'amour, c'en est l'apparence connue et on s'y trompe ! Mourle ! et on en meurt !

— On renaît, Cendrillon !

— Oh ! Mourle ! Je crois bien que je n'étais destinée à aimer qu'une fois et si j'avais rencontré un honnête homme, je suis sûre que je lui aurais donné mon cœur tout entier ! J'ai cru ! et ma grande douleur c'est que je ne croirai plus !

— Il était séduisant ?

— De toute ma candeur et de toute ma pensée ! Songez Mourle, vous le direz à mon père (si après... le brise-lames, il arrivait à savoir quelque chose), que j'ai mené une vie, auprès de lui, au-dessus de mon âge ; je me croyais trente ans pour la fermeté du caractère et d'avoir mené notre petite barque, quelques années, je croyais savoir la vie. Mourle ! quelle nuit s'est faite en moi ; je suis un gosse égaré dans les ténèbres ! Ne me reprochez plus rien, Mourle ! personne n'est aussi sévère pour moi, que moi-même !

La grille tintela. Le pas de Rogny se fit entendre.

— Eh bien Mourle ! Je croyais que tu me rejoindrais sur la plage ! Tu as préféré rester ici ! Qu'est-ce que tu complotes avec Cendrillon ? Un dessert peut-être ? Voici l'heure qui fraîchit ! Que penses-tu d'un piquet ? Ce piquet joyeux de la sortie du bureau ?

— Mais, à ta guise, vieux ! à ta disposition !

— Et pour le dessert comploté, tu marches, Cendrillon ?

— Oui, mais le dîner, ce ne sera que pour dans une heure ! J'ai promis à Mlle Lépage de passer chez elle pour des détails de sa distribution de vêtements d'hiver aux enfants pauvres : une demi-heure ; ensuite je m'occupe du dîner.

— Mourle ! tu joues comme une mazette ! Or tu n'es pas une mazette ! Si tu
crois devoir me faire gagner, cela me vexe !
simplement ! Ce sont des tours bons pour
Cendrillon qui a une tendance à croire son
vieux père gâteux, mais ce qui passe pour
elle ne vaut rien pour toi, vieux Mourle !

— Mais, Rogny, je joue serré et je n'ai
pas envie de te laisser gagner, mais tu es
très fort !

— Mazette et hypocrite ! D'ailleurs,
monsieur Mourle, si tu me permets de te
parler sur ce ton solennel, depuis une paire
de jours, vous me paraissez avoir la tête

tout à fait à l'envers. Ce matin, au café, n'avez-vous pas pris pour votre cornet à dés, votre verre de vermouth-cassis, heureusement aux trois-quarts vidé et n'en avez-vous point parfumé le tapis vert de la boîte à jacquet. Si tu n'étais, mon vieux Mourle, de tradition, le sage Mourle et si tu n'étais un petit décrépit de mon âge, je croirais, cher ami, que l'archer divin t'a effleuré de sa flèche, et que, tandis que tu devrais être amarré, loin des sirènes, en rade tranquille, tu juponnes...

— Oh ! Rogny !

— Ou songes à juponner. Fi ! Mourle ! Sous-directeur en retraite ! Je croyais que tu avais eu ta part de dactylos...

— Mon ami ! interrompit Mourle, en désignant Cendrillon, qui lisait sous la lampe.

— Bah ! elle ne nous écoute pas ! Elle est au pays des belles histoires !

— Mais pardon, papa ! Je ne vous écoute pas, mais je vous entends, si bien, que je vais me réfugier dans ma chambre, pour n'être ennuyée que de l'histoire que je lis... Bonsoir, papa ! je t'embrasse ! bonsoir Mourle !

— Bonsoir chère petite, répondit Mourle.

— Bonsoir, petite Antigone d'un père innocent et malchanceux ; cueille des roses au creux d'un beau rêve !

— Je tâcherai ! merci !

— Je la trouve pâlotte, ma petite ! Qu'en dis-tu Mourle ? La voici bien grandette pour vivre avec un vieux de mon espèce !... Oui, je la trouve pâlotte, soucieuse, et ce qui est grave, mon vieil ami, renfermée, elle qui n'était qu'un sourire, sérieux, il est vrai, mais un sourire, un sourire expéditif, mais un sourire ! Et puis (ce qui me trouble un peu) elle avait vis-à-vis de moi de brusques chatteries, des caresses rapides de petite fille, qui s'amusait un peu, amicalement, tendrement, de mes bévues, de mes lenteurs, de mes manies, quelque chose de bon et de brusque !... Et puis voilà ! c'est fini, ça s'est raréfié. Ça revient sur demande. Si j'amorce une de nos vieilles plaisanteries familières, ça a l'air de mordre ; et puis pas du tout, ça n'est plus la verve d'autrefois, ni le jaillissement de gaîté ; c'est une concession à mon humeur du moment, une folâtrerie à la va-vite... On se débarrasse du vieux plaisantin, en faisant chorus et puis... on repart songer à des choses graves... ou lointaines. Qu'est-ce que tu en dis ?

— Je n'ai rien remarqué.

— Mais ! puisque je te le fais remarquer, c'est tout comme...

— Pas tout à fait, je suis plus prosaïque que toi... Toi, tu t'emballes, tu es un lyrique !

— Mourle, tu te fiches de moi...

— Eh non !

— Ou tu ne veux point t'intéresser à mes soucis !

— Non, si je ne puis rien ; très vivement s'il est efficace que je les connaisse !

— Trouve-moi un gendre !

— Parfait ! Comment te le faut-il ?... voir si j'ai sur moi ! Riche et paré de toutes les qualités, en voie de succès et portant modestement sa chance, beau, ou du moins agréable, amoureux de sa femme, respectueusement admiratif devant son beau-père et surtout disposé à tolérer le vieux Mourle dans un coin de la maison ?

—Précisément, si c'est ta créature, il ne pourra pas te balancer.

— A ton âge... cette naïveté...

— Sérieusement, Mourle, cherche ! Tu sais bien que c'est là que le bât me blesse. Marier Cendrillon ! c'est mon plus vif

désir ! Ne me crois pas égoïste ! Le piquet,
le jacquet, le vermouth, le porto avec toi,
ce n'est pas le bonheur. Je m'y résoudrais
si ma fille pouvait plaire à un brave homme
qui lui plût et si je ne pouvais désor-
mais vivre auprès d'elle, je me consolerais
en songeant à son bonheur. Malheureuse-
ment, je n'ai pas grand'chose à lui donner,
même en me réduisant à un rogaton de
retraite. Toi qui vis à Paris, tu devrais
chercher, avec ce qui te reste de relations
auprès des vieux copains du ministère !...
tu trouverais bien un jeune homme, de
position modeste, dont l'avenir apparaî-
trait bien indiqué... et le temps passé que
nous pourrions encore les aider, le jeune
homme aurait conquis ses galons. Si je
ne m'étais pas marié si tard, si j'eusse eu
Cendrillon plus tôt, je l'eusse casée étant
encore en place, disposant encore d'une
petite influence ! J'ai tout mal fait dans

ma vie. Mourle ! heureux Mourle ! qui es resté célibataire !

— Parlons-en des joies du célibat ! j'ai raté tous les coches ! voilà tout !

— Et tu le regrettes ?

— Oui certes et si je pouvais rattraper le temps écoulé !...

— Mourle ! te voici sentimental ! Je le devinais à tes distractions ! Tu es pris, tu es épris... je serai ton témoin, ton premier témoin pour ce dernier duel qui serait ton premier. Pour qui brûles-tu, Mourle ? pour une veuve encore confortable ? pour une vieille fille, trésor dédaigné ? O Mourle! je prie ton ange gardien de te préserver de courir après une jeune fille ! tu flamberais un peu vite ! Mais enfin, même en ce dernier cas, je serais ton premier témoin !

— Et pourquoi pas mon beau-père ?

— Tu dis ! Mourle ! serre-moi la main

que je la sente bien en chair et en os !
que je sache que c'est vraiment toi, maître
de ton corps, qui me parle, ou bien un
esprit malicieux qui arbore ta carrure et
ta calvitie, pour m'abuser... ou bien,
Mourle ! si c'est incontestablement ta
présence physique qui est ici, suis-je certain que ton esprit n'a pas vacillé ! que
la reine Mab, ne prend pas, en plein jour
éclatant, les rênes de ton imagination !...
Mourle ! dis-moi tout de suite deux mots
plausibles, une toute petite phrase où
luise un peu de bon sens, un tantinet,
comme un ver luisant dans une haie touf-
fue ! que je sache que mon bon Mourle
n'est pas un aliéné ! ou plutôt, Mourle,
dis-toi que même entre vieux amis intimes,
il est une borne à la plaisanterie et au lieu
de te moquer de moi, compatis à mes cha-
grins et aide-moi à en faire de la joie !
et surtout ! sois sérieux !

— Mais Rogny, je suis absolument sérieux !

— Et même ému, me semble-t-il !...
Le diable soit de toi !... Tu es un vieux
fou ! Ne dis pas de pareilles billevesées
devant Cendrillon, je t'en prie ; elle te
rirait au nez, elle conclurait à la folie
furieuse !... vraiment ça la gênerait de te
revoir et je ne pourrais plus t'imposer à
elle, si tu l'humiliais de tes prétentions de
prétendant !

— En as-tu d'autres !

— Mais ! c'est qu'il est sérieux comme
un pape, ou la mule, qu'on étrillerait, dudit
pape. Tu veux me faire rire ? Le sujet
n'est pas comique. Je te demande de
chercher quelqu'un à Paris, parce que dans
ce trou balnéaire de Tilly-sur-Mer, il n'y
a personne ! En été des foules de passants
qui n'auraient même pas le temps de
s'apercevoir des mérites d'une jeune fille,

entre deux bacs ou deux boules ! En hiver, des bistros et des fermiers ! Le médecin et le pharmacien, et le notaire, l'huissier et même l'instituteur et le postier sont mariés !... et la régie aussi ! avec des terres et des herbages ! Pauvre Cendrillon ! on ne l'a jamais demandée. Elle n'a pas eu même le plaisir de refuser quelqu'un d'indigne ou d'insuffisant ! C'est ma faute, je sens la retraite d'une lieue ! Ces gens-là ne comprennent pas la gêne en redingote !

— Prends donc un gendre parmi les retraités !

— Tu ne me conseilles pas, de préférence, un retraité qui soit hébergé aux Invalides ?

— Tu as, devant toi, le candidat que je puis t'offrir !

— Ta scie est de longueur !

— Mais, Rogny, je ne vois pas ce qui

t'effare et te fâche ! Ah ! tu sais bien, que si tu m'avais dit un jour, que si tu me disais aujourd'hui : « Je vais marier ma Cendrillon ! mon futur gendre m'agrée fort » ou « mon futur gendre ne me déplaît pas trop » ou même « mon futur gendre m'est odieux, mais enfin, j'ai la certitude de ne pas laisser Cendrillon seule après moi », je serais le premier à te féliciter... mais le cas n'est pas tel, tu n'as personne et n'ayant personne, tu ne tentes plus rien que de me dire... « trouve quelqu'un à Paris ! toi, le malin ! »

— Pas plus malin qu'un autre ! ni toi ! mais toi, tu vis à Paris ! plus près du marché. Ce qui te permettrait tout de même de me signaler la denrée ! Trêve de plaisanterie ! J'avais cru en laissant aller Cendrillon, chez cette d'Escarbagnas dont je t'ai parlé, qu'elle rencontrerait dans ce milieu assez animé, quelque jeune homme dont elle ferait cas et qui devinerait sa nature d'or et le secret de bonheur que renferme sa jolie droiture ! Elle n'est pas laide, ma Cendrillon !

— Fichtre non ! c'était la plus délicieuse des petites filles ! C'est une charmante jeune fille, avec son joli nez droit, sa bouche de bonté, ses lourds cheveux châtains et ses yeux dorés qui boivent la lumière et la réfractent en éclat doux !

— Sans la voir d'un œil trop partial, on peut la trouver jolie ! accorda Rogny.

— Elle est mieux que cela, ami ! aussi prends au sérieux...

— Voyons, Mourle ! vieux ! tu ne vas pas insister... à quoi joues-tu ?

— Me prends-tu pour un blagueur ?

— C'est précisément parce que je commence à craindre que tu ne railles pas que je m'étonne et même que je m'indigne.

— Mais, Rogny, tu as tort !... je te le
répète : si tu avais des épouseurs plein les
poches, j'eusse rencogné mon secret...
mais Cendrillon sèche sur pied... Voyons,
rends-toi compte... j'ai vu grandir Cendrillon, je l'ai toujours trouvée charmante !
je l'ai toujours chérie !

— Comme un vieux bonhomme d'oncle
à la mode de Bohême !

— Si tu veux.

— Comme un bon père Noël, un brave
saint Nicolas !

— Si tu veux... tant qu'elle a été petite
fille... mais maintenant qu'elle est jeune
fille... eh bien ! je comprends... qu'à
mon insu... et ce sentiment est devenu si
fort... que malgré le ridicule... encore
plus Géronte qu'Arnolphe... je me lance...
je veux affronter le calvaire possible,
courir ma chance...

— Mourle !

— Rogny, je te demande en mariage Mlle Marthe Rogny. Permets-moi de me déclarer à elle.

— Mais pas un mot ! entends-tu ! et brisons là. Ce n'est pas trop d'une amitié de quarante années pour que je ne te fiche pas dehors, à l'heure même tardive qu'il est... Alors ! toute cette amitié, ce n'était que de l'hypocrisie, que bas calcul de vieux roquentin, épiant le jour où la gêne lui livrerait une jolie fille !... Tu as cru me rouler... Vous n'êtes pas de force, Monsieur Mourle ! et j'espère que demain matin, sous un prétexte honnête, et de sorte que Cendrillon ignore toujours cette saleté, cette vilenie, vous rentrerez à Paris, où vous resterez... du moins vous vous abstiendrez de passer mon seuil, à l'avenir... Monsieur Mourle, vous êtes vraiment un...

— Mais qu'est-ce que tout ce tapage !

cria Cendrillon, ouvrant brusquement la
porte. Votre partie ne va pas... c'est pour
un coup douteux, que tu cries ainsi, papa ?
et Mourle a l'air tout déconfit... Papa,
tu es blême de rage... Mais tu es fou !
vous êtes fous !... Qu'est-ce que vous lui
avez donc dit, Mourle, pour qu'il soit dans
un pareil état ?

— Rien !

— Rien ! Cendrillon ! oh ! rien du tout !
Monsieur a le toupet de me demander ta
main !

— Oh ! Mourle ! murmura Cendrillon,
mon ami Mourle ! vous n'êtes pas gentil !

— Vous voyez, Monsieur Mourle, elle
pleure ! d'indignation !

— D'indignation ! oh non, papa !

— Enfin, tu ne prends pas au sérieux !...

— Certes non ! mais Mourle croit bien
faire ! merci de cette preuve d'affection,
Mourle, mais n'y pensez plus,

— Ma petite Cendrillon...

— Non, Mourle, n'y songez plus ! Bonsoir, ami, allez vous reposer, et toi aussi,
père ! viens papa !

DEUXIÈME PARTIE

LA question fut longtemps débattue entre Mourle et Cendrillon, de l'endroit où leur mariage serait célébré. Cendrillon penchait pour Paris à la mairie du XVe, dans le quartier de Mourle et c'était presque l'incognito. Mourle opinait pour Tilly-sur-Mer. « Au fond, Cendrillon, c'est là que nous vivrons le mieux et le plus facilement, dans ta maison, tous ensemble, lorsque Rogny aura fini de bouder. Et tu sais, ces croquants ! car enfin tu te maries pour eux, tout de même un peu, puisque c'est pour garder intacte, ici, où il vivra, la respectabilité de ton père, jusqu'à ses derniers instants, puisque tu ne veux pas le déraciner d'ici...

— Pauvre père, qu'adviendrait-il de lui, dans un cinquième à Paris, avec ses mauvaises jambes, et sans air ! lui qui vit de humer le large !

— Soit ! je disais : Ces croquants, s'ils ne te voient pas sortir de leur mairie, ne croiront jamais à ton mariage ! jamais ils n'admettront que tu as été assez folle, pour épouser un vieux bonhomme tel que moi. Comme ils fuient la vérité simple, ils sont capables de la découvrir, quand elle est compliquée. Et s'ils ne devinent rien, quelles explications ne se donneraient-ils pas de notre vie commune. Chacun y allant de son petit roman, ce serait une Explication-Babel proférée dans toutes les langues de la diffamation. Cendrillon, c'est ici que nous pourrons, au cas échéant, faire face aux calomnies et aux médisances.

— Mais après le mariage ! Mourle ! après.

— Là, mon enfant, nous avons nos raisons de nous en aller, vite et loin ! Pour ça, j'ai mon affaire dans la forêt de Rambouillet, un bon hameau, toits de chaume, bonne distance du chemin de fer. C'est tout près de tout et c'est très reculé, pas touristique, pas romanesque ; on y demeurera le temps qu'il faudra.

— Et la déclaration de l'enfant ?

— Elle sera faite comme la loi l'exige. Mais l'envoi des cartes de faire-part peut être reculé jusqu'au moment opportun ! on trichera un peu ! Quoi ! si le bébé paraît un peu gros à notre rentrée à Tilly, on criera au phénomène ! Ne suis-je pas costaud, grand, gros, barbachu... Mais ne pleure pas ! Déplisse ton front, sois heureuse !

— Tu le détesteras cet enfant !

— Oh ! pourquoi ? cet enfant d'un père mufle, on aura le loisir de le modeler !... Le sang ce n'est peut-être pas la grande influence !

— Mourle, tu souffriras, j'en suis certaine ! Enfin tout ce qui dépendra de moi pour que cette peine soit moins lancinante, je le ferai. Vas déjeuner ; je te rejoindrai sur la digue, après que nous aurons déjeuné nous aussi. Qu'il me tarde que mon père devienne plus raisonnable ! Je ne l'aurais pas cru si entier, si opposé à un mariage que je déclare souhaiter.

— Un coup de flair ! Mais, chérie, tu ne peux encore tout comprendre et moi je l'excuse pleinement, pour le moment, à condition que cela ne dure pas à tout compromettre. S'il parle ces temps-ci, de ma folie et de ma passion sénile, cela nous sert. Il se résignera. Toute sa résistance croulera, comme, un jour de rafale, un mur miné par la pluie, à l'instant qu'il ressentira ton absence ! Ton voyage de noces sera obsédé par ses lettres, par ses rappels successifs et réitérés, par ses offres de veau gras, épaules, escalopes, rouelles et tous les légumes de la saison et toutes les boîtes de conserve.

— Ne ris pas, c'est de l'escroquerie sentimentale que nous pratiquerons ainsi, en lui faisant aimer...

— Ne crains rien ! La béatitude même de sa stupidité grand'paternelle t'absoudra ! D'ailleurs, il sera de toi cet enfant. Voilà pour Rogny l'essentiel et le titre sacré du môme à exercer sa domination sur l'esclavage enthousiaste de son grand-père... Allons je t'attendrai sur la digue en fumant une pipe... Ne te presse pas !

Les fenêtres de *Tranquille-Abri* cla-
quaient, comme les dents d'un homme pris
à la gorge et violemment secoué. Un peu
de neige projetée des branches des pins
et des ifs, en flocons longs et minces venait jeter sur le sol d'éphémères che-
nilles blanches. De la fenêtre, Mourle regardait la mer se hâter d'arriver au port,
par d'immenses et brèves poussées, vidant
sur la digue des paniers d'écume, faisant
jaillir des jets d'eau contre les bornes, aux
trous des briques, lavant à coups pressés
les fûts des réverbères sur la digue. Une
odeur rude et fraîche semblait plaquer des

linges mouillés sur les tempes. Du côté des champs, de longues traînées bleuâtres se creusaient sur la terre dure et brune, sous le balai du vent tourmentant le tapis de neige.

Une main se posa sur l'épaule de Mourle. « Ami, j'ai des excuses à te présenter.

— Non, Rogny !

— Pourquoi me dis-tu non ! Tu me ferais croire que c'est par rancune, que tu ne pardonnes pas à ton vieux copain, le jour où malgré lui il t'accordait la main de sa fille de t'avoir presque fermé sa maison ; et maintenant Mourle, je me suis familiarisé avec l'idée, avec l'image tout d'abord odieuse. J'ai compris.

— Ne te fais pas de bile, mon vieil ami ! moi aussi je te comprenais et je t'excusais.

— Non ! j'ai eu tort, on voit tout à travers ses lorgnons. Les miens détruisent les couleurs du présent et son enchantement ; mes rhumatismes obscurcissent ma clairvoyance.

— Toute erreur se rattrape.

— Vraiment Mourle, je rêvais autre chose pour Cendrillon : que dans cette laide mairie où nous allons paraître tout à l'heure, ce fut un beau jeune homme qui lui engageât sa vie devant cet excellent Cruchot, maire illettré et indigne d'une si jolie commune, maire bien rustique pour des Parisiens comme toi et moi !

— Tu plaisantes faux, tu souffres encore.

— Non Mourle, j'admets ; je t'admets pour le malheur des temps et je te conçois.

Les souffles de la nuit flottaient sur Galgala.

— Pauvre ami, ce n'est pas tout à fait cela non plus ; mais voici l'heure de la mairie. Prépare-toi !

*

C'était un joli jour d'été, un peu pâle et comme ensommeillé. Un roulement lointain de chariot, l'appel maigre d'un grelot de cycliste, un aboi de chien, un pépiement d'oiseau, le bruit, si assoupi par la distance, des haches de bûcherons, qu'elles semblaient sonner les minutes à une lointaine horloge, scandaient le grand silence qui tombait des hautes frondaisons, sur les tapis de fougères. Des verdures tendres, dans les ravins, signalaient les méandres des coulées d'eau. L'air crissait de vols d'abeilles. En retrait de la route, une maisonnette à volets verts, riait de son crépi blanc frais, sous le soleil doux. Mourle, en manches de chemise, s'appuyait sur sa bêche et regardait venir à lui, dans le léger émoi des feuilles, tout

le bonheur léger de la forêt, toute la dou-
ceur glissante d'un beau jour nouveau,
d'une heure jolie, fraîche éclose de la langueur de la terre.

— Tu as assez travaillé, ami, énonça
la voix douce de Cendrillon, viens t'asseoir à l'ombre auprès de moi.

— Baste ! tout à l'heure ! La terre ne
s'aménagera pas toute seule... Tiens,
prends sur le banc à côté de toi le *Manuel
du Parfait Jardinier*. Tu vas voir tout ce
que l'on conseille de planter en juillet si
tu veux récolter en août, septembre et
plus tard encore. C'est un bon livre !
Jardiner, c'est prévoir ! Plantez ! émondez !
sarclez ! repiquez ! tel est le refrain du
bouquin ! Tels sont les commandements
du bon horticulteur. C'est humanitaire et
très philosophique !

— Oui, mais l'observation de ces pré-
ceptes est fatigante.

— Quand on n'a pas été pris tout petit.

— Alors, repose-toi, aussi bien j'ai à te parler, j'ai reçu une lettre de mon père.

— Rogny vient de m'écrire.

— Il se plaint !

— Il se lamente !

— Il a peur de la maladie !

— Il s'est repris à me considérer comme le bourreau de sa vieillesse. A tout prix il veut te revoir... Mais j'y songe... Il n'a qu'à venir !

— Il ne voudra pas quitter Tilly... Que dirais-tu d'y rentrer ! Nous !

Mourle posa le pied sur le fer de la bêche et souleva une large motte puis deux, puis trois, d'un mouvement ample et vigoureux.

— Tu ne me réponds pas ; tu reprends ton travail, malgré ma prière. Il t'est désagréable de me parler... Je vois que c'est

parce que tu vas, pour la première fois,
me refuser quelque chose. Tu ne veux pas
rentrer à Tilly ?

— Je n'y tiens pas.

— Pourquoi ?

— Le sais-je.

— Je crois que oui.

— Mais non.

— D'ailleurs, tu ne te plais pas ici.

— Mais si.

— Certes non.

— Mais si, parce que je t'y ai amenée
comme un enfant frileux et malheureux,
blottie dans mes bras et qu'au cours du
trajet morne j'avais admiré ta face douloureuse et qu'une immense pitié me montait de cette erreur de ta vie qui t'enchaî-
nait à un vieillard. Oui, je m'y plais, parce
que notre arrivée au soir tombant, dans
cette maison d'accueil, de sauvetage, avec
le soleil menu de la lampe dorant sa vitre

claire, m'apparaissait comme la fin du cauchemar.

Nous arrivions assez vite à ce pauvre port, pour que tu échappes au ras de marée des potins. Nous dînâmes frugalement, très frugalement, je m'en souviens ; puis quand j'eus dénoué les embrasses des rideaux de cretonne, derrière les épais volets clos, que nous eûmes pris quelque plaisir à voir jaillir les flammèches hors du crépitement des brindilles de bois et des pommes de pin, lorsque je te souhaitais le bonsoir en baisant ton front pâle et qu'un peu après, je me suis retiré sur la pointe des pieds, pour ne pas troubler le sommeil qui te gagnait, pour ne pas remuer la paix qui allait t'envahir, j'eus, dans la petite salle à manger, en fumant ma pipe et en regardant les minutes fuir au cartel de bois, j'eus une minute heureuse, parce que la pitié qui m'imprégnait

était un sentiment tendre et parce que
j'avais conscience que ma vie servait à
quelque chose, puisqu'elle t'épargnait une
douleur. J'ai été très heureux et très
calme pour avoir senti qu'une fois au
moins, je n'avais été ni futile, ni inutile
et j'ai éprouvé une manière de joie grave
et profonde.

— Je n'ai pas dormi ce soir-là, Mourle,
et j'ai bien entendu et compris qu'au lieu
de cette sérénité que tu me dis, c'était
l'angoisse qui t'avait visité, car, tard dans
la nuit, tu as marché de long en large dans
la salle à manger, à pas feutrés, très lents,
très doux, pour ne pas réveiller (du moins,
tu le croyais) ta pauvre endormie. Cette
entrée dans cette maison n'a pas été
pour toi du bonheur, mais une peine que
tu as du mal à tolérer. Non, Mourle, tu ne
te plais pas ici.

— Mais si ; souviens-toi de mes randonnées d'hiver sur le tapis blanc des sentiers sylvestres. Je marchais joyeusement ! des kilomètres ! et je m'arrêtais à quelque auberge pour me réconforter de café brûlant ou de vin chaud. Je portais le tricot de laine, le béret enfoncé sur la tête, la grosse houppelande, les souliers à semelles triples, lâché dans la nature et douché de vent frais ! le rêve de toute ma vie pendant que je moisissais dans les bureaux. Je rentrais, je te trouvais dolente et je te dessinais sur du papier des fleurs, du modèle des fleurs de givre qui étoilaient la fenêtre... et à propos rompus, nous construisions notre avenir !... Oui ! je me suis plu ici !

— Non, Mourle, tu ne partais en ces longues courses que pour fatiguer ta peine. Tu t'écrasais de fatigue physique pour ne pas ressentir un intolérable ennui à te sentir muré ici.

— Quelle peine ? je n'ai aucune peine ! Tu fais sans cesse allusion comme à un grand chagrin lourd et indéfini que je porterais avec moi ; je t'assure que je ne suis pas romantique, mais tout simple et tout uni. Je ne déteste pas la campagne et contrairement à ce que tu penses, je me supporte ici.

— Mourle ! je t'ai vu blêmir chaque fois que tu entendais le roulement de la carriole du docteur !

— J'étais inquiet de l'issue de tes couches.

— Les derniers jours, j'ai bien vu que tu avais les yeux rouges... Des larmes !

— Coryza ! on ne pleure plus à mon âge, depuis longtemps !

— Tu souffrais !

— Oh ! j'ai pu craindre que le moucheron ne me relègue au loin, vers les confins de ton amitié ! Que pèse devant le fruit

de la chair d'une femme, ce sentiment
presque temporaire, ce sentiment acquis
d'affection pour un vieil homme qu'on a
toujours vu attentif à vos désirs, gauche-
ment empressé...

— Oh Mourle ! ne te crois-tu pas un
peu plus que cela pour moi !

— Reconnaissance !

— Infinie !

— Eh bien, c'est parfait.

— Non, Mourle ! mais tiens ! voici la
nourrice qui revient de sa petite promenade !

— C'est ça, occupe-toi de l'enfant ; je
vais travailler un peu.

— Pas longtemps ! promets ! allons,
venez ici, nourrice !

— Mais, dit Mourle, nourrice, appor-
tez-moi un instant le poupon que je
l'embrasse. (Il le rendit très vite à
la nourrice). Non, je ne travaille plus,

je vais, quelque peu, arpenter la route.

— Pauvre Mourle ! murmura Cendrillon.

*

Ce soir-là, Mourle fumait dans la salle à manger, près de la table non desservie. Il dut fermer son livre, car les cris aigus de la petite fille lui rompaient la tête. Il attendit, maugréant et soucieux. La porte battit. Marthe était devant lui, blême et inquiète.

— Ami, tu devrais venir au berceau de la petite ! Sa respiration est sifflante. La face est toute rouge.

— Je n'y connais rien ! mais le médecin y verra clair : je vais le chercher !

— Si tard et si loin ! Mourle et quelle route ! quatre kilomètres en forêt.

Mais déjà Mourle boutonnait sa vareuse.

— Ma lanterne et mon bâton, Cendrillon !

— Mais, ne crois-tu pas !... Si tu jetais un coup d'œil... Il n'y a peut-être pas urgence !

— Il y a urgence à te rassurer, petite ! Allons, dans une heure je suis de retour, je l'espère ; je trouverai sans doute au village une carriole pour nous ramener, le docteur et moi.

Il s'en fut par la route pâle, que tout auprès avalait de son ombre la lisière de la forêt.

Il pressait le pas. Il ne percevait que le bruit de son bâton heurtant la terre, et ses pas, à son gré, traînards. Quand il fut sous bois, dans l'ombre diffuse, parsemée de rumeurs sourdes et bruissantes longuement, ayant abandonné la route pour des sentiers forestiers aussi larges mais au sol assombri d'herbes, il hâta le pas.

Était-ce l'heure presque nocturne ? Etait-ce
le déclanchement, par la marche rapide,
d'une méditation sentimentale et aussi la
levée de toute les traînes de cette idée :
qu'il allait chercher le médecin ? Il comprit que son inquiétude grandissait et que
l'enfant, en danger dans sa maison, ne
lui était point indifférent : Était-ce un
reflet de la tendresse qu'il portait à la
mère ? Cette affection, vraiment, après
des mois passés auprès d'elle, se nuançait-
elle d'amour ? Qu'en rejaillissait-il sur
l'enfant ? il accéléra l'allure presque jusqu'à la course ! « Allons, Mourle ! ralentis !
tu t'essoufflerais et tu n'en arriverais pas
plus tôt. » Il ressentait maintenant l'inquiétude comme une douleur physique,
comme une touche rugueuse à un point
sensible de l'épigastre.

Il s'enfiévrait. Il vit très vite des faits
se préciser, s'entre-croiser. L'enfant était

gravement atteint ! il mourrait ? Certainement Marthe se consolerait ! Se console-
rait-elle si rapidement ? C'était son enfant. L'enfant avait deux mois. Elle n'avait
pas eu encore le temps de s'y attacher
et pour ce qu'il lui rappelait du passé,
peut-être ne lui déplairait-il pas, après
les quelques semaines de douleur presque
animale, que tout souvenir s'éteignît de
cette erreur de ses sens, qu'elle regrettait
cruellement... lui, Mourle, le savait bien !
Mais non ! le joli caractère doux et sensible, concentré et aimant de Cendrillon,
excluait cette hypothèse. De même qu'elle
était une fille délicieuse et s'était muée
en compagne attentive, elle se découvri-
rait profondément mère ! Précipitant toujours le pas, marchant comme à vingt
ans, Mourle avançait toujours, parfois
gifflé par une branche avancée, parfois
butant sur une ornière. « Attention à l'en-

torse ! je ne pourrais pas ramener le médecin !... Si, par hasard, il était sorti ?... »
Une terreur empoigna Mourle à l'idée de
Cendrillon, longtemps isolée, dans la maison distante de toutes autres, avec la
seule nourrice auprès de l'enfant malade !...
Son pas martela le sol, plus rapide... Si
l'enfant mourait, tout de même, que deviendrait Cendrillon, vis-à-vis de lui,
Mourle ? Leurs vies deviendraient-elles
plus belles de la disparition de cette présence du passé ? Mais quoi ! n'était-ce
point à cette défaillance qu'il devait Cendrillon et les joies d'intimité dont, malgré
tout, ce mariage parait la fin de sa vie,
longtemps désœuvrée, de vieux garçon ?
Oui ! la vérité l'aveuglait. Il aimait Cendrillon et non plus comme autrefois d'une
affection toute paternelle ; et comme un
gouffre s'ouvrit devant son raisonnement.
Si l'enfant disparaissait, ne perdait-il pas,

lui, Mourle, aux yeux de Cendrillon toute excuse de s'être imposé à elle ? Non seulement elle ne l'aimerait plus, mais ne serait-elle pas amenée à lui demander de s'exiler de sa vie, puisqu'il lui devenait inutile ! Oui ! de quel droit alors, lui imposerait-il sa présence ? Il chercha à allonger le pas. Il suffoquait ! mais les maigres lumières du village commençaient de poindre. La maison du docteur était proche et bientôt une voiture amenait les deux hommes vers la petite malade.

Ce n'était rien ! le docteur prescrivit quelques soins et se retira en hâte après avoir, tout en goûtant le vieux marc de Mourle, donné quelques conseils d'hygiène générale et Mourle remis de son agitation, de tant d'idées remuées et de sa course rapide, se dirigea vers sa chambre. « Je vais me coucher, Cendrillon ! bonsoir ! »

— Attends, que je dise quelques mots à la nourrice. Elle va veiller la petite.

Mourle demeura un peu étonné de cette délégation des devoirs à la nourrice.

« Et toi, Cendrillon ? »

Cendrillon venait à lui, enveloppée d'un grand peignoir blanc. Elle alla à la porte de la chambre de Mourle et l'ouvrit toute grande. Mourle allait, comme tous les soirs, baiser Cendrillon au front et se retirer, mais Cendrillon pénétra dans la chambre et se blottit dans les bras de Mourle.

« Ami, ne sommes-nous pas mari et femme ? » murmura-t-elle très doucement.

Mourle appuya ses lèvres sur celles de Cendrillon qui ne se dérobèrent point et leur nuit fut nuptiale.

TROISIÈME PARTIE

OURLE et sa femme débarquèrent à la petite gare de Tilly-sur-Mer. Ah ! l'été ! à la saison de la mer pavoisée et jazz-bandissante, l'express de Paris, locomotive brillante et cuivres éclatants, vidait sur le quai ensoleillé un flot de robes claires, de chapeaux, de fleurs, d'ombrelles de soies vives et le sourire des yeux des femmes éclairait des caquets sans nombre ; c'était un bruyant démarrage d'autos et des claquements de fouet des mails, et une rebondissante ferraille

d'omnibus et de rapides victorias de bois
verni; des charrettes de bois clair, aux
tendelets blancs, filaient sous le ciel bleu,
vers une sorte de Nice fraîche et lavée
d'or liquide. Ce soir-là le petit train d'hiver
qui se traînait depuis le chef-lieu voisin,
en arrêts nombreux et longs et qui semblait à chaque station donner à rafistoler
aux cheminots indolents, sa carcasse dis-
jointe, arriva poussivement, en grands
ahans de goutteux condamné à une course
pédestre. Des lumignons vagues éclai-
raient la maçonnerie rose de la petite
gare et son aubette à journaux, fermée
depuis septembre, jetaient un reflet mince
et pâle comme une larme sur les jardinets
défleuris et l'aristoloche avait mine aussi
piteuse que le rhododendron voisinant avec
un althéa dépouillé. Quelques paysans
et quelques rentiers descendirent de wa-
gons pauvrement éclairés. Les paletots

épais s'accompagnaient déjà de cachez-nez
hivernaux. La voiture de Jannart attendait M. et Mme Mourle, leur enfant et la
nourrice. Elle les cahota dans une ombre
livide, parfois trouée, dans le reflet gris
des vitres, du halo tremblant d'une lumière municipale. Ils discernèrent la bourbe
jaunâtre de la Tille, liserée des bourbes
pâles de ses berges et le fiacre s'engageant
dans une rue parallèle à la grande avenue,
ils cheminèrent dans la nuit inexorable
projetée par les hêtres et les charmes des
jardins, jusqu'à ce qu'un cahot décisif
les arrêtât à la grille de *Tranquille-Abri*.
A l'appel rauque du cocher, la vieille Céline
se hâta en geignant et prêta la main pour
monter la valise tandis que le cocher la
suivait, la malle sur l'épaule, comme quelqu'un qui en a vu bien d'autres et plus
lourdes. Céline l'avait prié de faire le
moins de bruit possible, aussi fut-ce en

cognant vigoureusement les vantaux et
les appuis de la porte, avec des réclama-
tions ponctuées d'appels malsonnants à
Dieu et au diable que la malle fit son entrée dans un couloir qu'elle encombra et
ce fut à pas très comptés et d'un élan sans
cesse enrayé par la lenteur du porte-far-
deau que Cendrillon qui n'avait pas pris
l'instant de laisser tomber son manteau,
put arriver à la chambre où Rogny malade, l'attendait couché.

— Mais tu ne vas pas mal ! Tu as de
bons yeux ! nous allons te soigner et tu
t'en remettras bien vite.

— Non. Cendrillon, ma chérie, je suis
fichu... Mais où est la petite !

— Avec nous ! Alexia, Alexia !

— Alexia ? interrogea Rogny.

— C'est le nom de la bonne ! précisa
Mourle qui venait d'entrer.

— Va la chercher, ami, pria Cendrillon.

— Alexia, Alexia ! cria Mourle dans l'escalier.

— Mais papa, tu ne dis rien à Mourle, tu lui en veux toujours ?

— Que je te regarde ! chère petite ! comme tu as tardé ! C'est merveille que tu me retrouves.

— Voyons, papa !

— C'est comme cela !

Mais Mourle entrait, l'enfant au poing, ayant réussi à couper l'interview d'Alexia par Céline et Céline montait aussi, car si elle avait déjà appris bien des choses, en une demi-minute, elle ne savait pas encore tout.

— Voici Pierrette Mourle, dit Cendrillon. Tu t'appelles Pierre. Mourle a tenu à la nommer Pierrette.

Rogny sourit à l'enfant et le prit dans ses mains tremblantes.

— Enfin ! petite Pierrette, il m'est

donné de te voir. Sans mentir, Cendrillon, tu aurais pu me donner cette joie, plus tôt.

— Ce n'était pas possible, Rogny, dit Mourle, gravement.

— Cendrillon, ne devinais-tu pas mon désir de te voir ; ne te l'ai-je point d'ailleurs assez souvent formulé ?

Mourle impatienté de la contenance de Rogny, glissa à Cendrillon : « Je reviendrai dans un quart d'heure. » Il descendit dans le jardin, alluma sa pipe et se mit à tourner autour des pelouses que sa canne fourrageait rageusement. « Il faudrait tout de même me mâter, songea-t-il ; si c'est un serin, j'ai à me prouver que je n'en suis pas un !... Dire que cet être borné a été mon meilleur ami et longtemps ma plus tendre affection en ce monde... Mourle, être sensible et caractère mou, tu es une oie !... »

Mais Céline survenait, désireuse d'un nouvel interview.

— Que madame a bonne mine ! s'écria-t-elle, et la petite, quel chérubin !...

— Il souffre beaucoup votre patron ? questionna Mourle.

— Oh oui ! monsieur ! son foie, sa goutte : on ne peut pas dire qu'il ne s'écoute pas un peu ! Il était si seul ! maintenant que vous êtes là, il va ragaillardir. Vous restez ici, n'est-ce pas, monsieur Mourle ?

— Peut-être !

— C'est ce que dit M. Rogny. Nous en avons souvent parlé depuis votre lettre annonçant votre arrivée... M. Rogny m'a toujours répondu : « Céline, je ne sais rien ! Tu seras fixée en même temps que moi, peut-être avant !... »

— Avant ? interrompit Mourle surpris.

— Je répète ce qu'il a dit.

— Il parlait souvent ainsi ?

— Oui-dà ! mais il est toujours chagrin, depuis le mariage de mademoiselle et il devient tatillon... Alors monsieur et madame vont demeurer ici ?...

— Pleuvra-t-il demain, Céline ?

— Oh ! monsieur ne s'en irait pas pour une ondée !

— Mais croyez-vous qu'il pleuve ?

— Je ne sais pas, moi !

— Moi non plus !

Mourle rentra dans la maison, accrocha son manteau et monta vers la chambre de Rogny, décidé à ne point se départir de son calme. Rogny jouait avec Pierrette, Mourle prit une chaise dans le coin le plus sombre. Cendrillon souleva l'abat-jour pour donner plus de lumière et déclara souriante :

— Eh bien, je vous laisse tous les trois... Je vais voir si Céline a tout bien préparé... au fait, j'emporte Pierrette... sa nourrice

va s'occuper de son petit repas... Alexia !
Alexia !...

— Madame !

— Prenez Pierrette ! que je fasse le tour
de la maison !

— Tu peux dire le tour de la proprié-
taire ! soupira Rogny. Je ne vous ferai
pas longtemps attendre !

— Voyons papa ! Mourle console donc
ton vieux copain : il broie du noir !

Elle riait et pour la première fois, son
rire parut à Mourle sonner faux. Il n'en
éprouva aucune gratitude envers Rogny.
Néanmoins il approcha sa chaise du lit
et débuta par un : « Eh bien ! vieux cama-
rade, il ne faut pas te frapper ! »

— Égoïste ! affirma Rogny, en se redres-
sant à demi sur son lit !

— Ah ! voici la grande accusation ! et tu
me fais la tête ?

— Égoïste ! reprit Rogny.

— C'est tout ce que tu as à me dire ?

— J'en aurais trop ! Mon Dieu ! je me suis fait à l'idée de ce sot mariage de Cendrillon. Certes ! je lui eusse trouvé, avec le temps, beaucoup mieux. Elle a eu peur de coiffer Sainte-Catherine. Elle s'est précipitée à toi dans un vertige ! C'est absurde... C'est un raisonnement de Gribouille !... Je l'ai crue folle et tout de même je pense qu'il y a un peu de cela ! Mais je l'excuse... c'est ma fille, mon affection pour elle n'a pas diminué... Quand vous êtes partis, cela m'a été aussi dur que si je la perdais. Tu ne peux pas savoir, Mourle, mais le claquement de la grille quand vous êtes partis pour votre voyage de noces, que tu as fait durer si longtemps, j'en ai encore le bruit dans les oreilles ; c'est une sensation des plus pénibles. On est heurté par le fait brutal ! Vous avez tout fait pour élever votre

fille.... elle est tout ce que vous aimez (et
pour moi tout ce qui me restait à aimer,
tout ce que je conservais de la vie) et
puis elle part ! Une porte bat, une grille
se referme, une voiture s'éloigne !.... Et
puis c'est fini.... votre fille est partie...
Ça durera un an et plus !... ça peut se pro-
longer durant des années ! Ça dépend du
caprice d'un quidam !....

— Quidam ! hum ! grogna Mourle.

— Je dis bien : Quidam ! Quidam rend
ma pensée ! car Mourle, tu m'es apparu si
différent que tu me sembles un inconnu !....
Un vieil ami ? un égoïste ! j'ai envie de dire
« un monstre ! »

— Rogny ! gronda Mourle.

— Tu parleras après que tu auras entendu tout ce que j'ai sur le cœur. Aussi
bien, je n'en ai plus pour longtemps et il
faut que ça sorte ! Oui, j'ai fini par excuser
mon enfant, et je t'excuserais presque,

toi, de l'avoir recherchée... Elle est assez charmante pour tenter n'importe qui, même un vieux barbon, comme toi !... Et puis, après tout, tu es le père de ma petite-fille et ce serait un titre à mon pardon ! Mais, Mourle, puisque tu as perpétré cette vilenie, de profiter de son découragement, d'une minute de lassitude douloureuse dans l'attente du fiancé, j'ai dû considérer d'un regard rétrospectif, toute ma vie où notre amitié a joué un si grand rôle ; et alors tous les instants du passé prennent pour moi un goût d'amertume ! Que d'émotions d'amitié ne m'as-tu pas volées, depuis notre première rencontre, et quand tu t'es assis à mon foyer ! et ma femme n'avait de sympathie que pour toi !... Ah ! qu'en dit-elle... là-haut ! Ah ! Mourle... toi !... à ton âge et tu as le bonheur d'être père !... je voudrais que tu ne sois pas le vrai père de Pierrette !

— Tu dis ?

— Oui ! je voudrais qu'il te soit arrivé malheur ! que tu ne sois pas le père de Pierrette !

— J'espère que tu as pris des confidents pour ce joli racontar !

— Tu m'insultes ?

— Rogny, il y a un quart d'heure que je t'épargne !

— Et comment ?

— En tardant de prévenir Marthe que nous repartons demain ! c'en est assez !

— Mourle !

— Oui, c'est assez !

— Tu ne comprends pas que je te haïsse !

— Pour avoir épousé Cendrillon ? Non ! puisque nous sommes heureux.

— Au moins pour l'avoir si longtemps écartée de moi !

Mourle haussa les épaules et d'un mouvement qui lui était familier dans la colère, se mit à arpenter la chambre !

— Mais, reprit Rogny, tu es bien capable de me reprendre Cendrillon !

— Certes !

— Même dans mon état de maladie, même à l'article de la mort ?

— Le crois-tu ?

Rogny regardait apeuré. Le durcissement subit des traits de Mourle l'inquiétait, mais la franchise du regard le rassurait un peu ! Mourle était devant lui, droit, cambré dans sa haute taille.

« Il paraît vingt ans de moins, songea Rogny ; je vais sembler auprès de lui, un vieillard voûté, cassé, rabougri. »

A regarder Rogny un peu longuement et les traces de décrépitude qui le marquaient, la physionomie de Mourle se détendait. Rogny le comprit et en profita.

— Écoute ! Mourle, je ne pourrai plus

t'aimer. Il y a des choses dans ce mariage qui m'échappent. Je n'aurais jamais cru à tes moyens de séduction, mais c'est peut-être parce que je t'ai connu trop et de trop près... Passons ! ne t'irrite pas !... Je te l'ai dit ; je ne pourrai plus t'aimer. Mais si tu laisses Cendrillon vivre à côté de moi, non seulement, je parviendrai à te tolérer, mais même à t'être reconnaissant. Donc, Mourle, si tu veux rester ici et accepter ce que tu m'as demandé autrefois, la vie commune, tu n'entendras plus de moi un mot désagréable ; mais sache-le, je te hais, je te déteste. Tes intérêts n'auront pas à en souffrir, puisque tu es le mari de ma fille.

— Oh ! tu peux tester à ta guise ! cela m'est complètement égal. Même une petite crasse posthume de ta part, n'est pas pour me déplaire.

— Non ! Non ! dit Rogny lentement,

comme quelqu'un qui écarte une idée longtemps familière, ça pourrait gêner Cendrillon ! et puis tu n'as pas fait un mariage d'argent ! Non ! rien de ce genre !
Si tu restes ici, à demeure, tu n'entendras
jamais un mot désagréable sortir de ma
bouche... mais, moralement, tu m'entends, nous sommes deux étrangers.

— Soit, Rogny, c'est conclu... je vais
retrouver Cendrillon !

— Renvoie-la moi, quelques minutes.

— Quelques minutes seulement. Il se
fait tard, elle a besoin de repos.

Mourle sortit de la chambre sans tendre
la main à Rogny qui enfonçait les siennes
sous ses couvertures.

Cendrillon reparut au bout d'un quart
d'heure.

— Mourle t'a dit, papa ! Nous sommes
moulus du voyage et des changements de
train ! je ne viens que pour te souhaiter

le bonsoir ; mais, demain, on causera toute la journée.

— Cendrillon, murmura Rogny, Céline a cru bien faire de te préparer ta chambre de jeune fille, avec le berceau !

— Ah ! papa ! tout est bien changé... nous ne faisons qu'une chambre... tu sais !

— Et alors celle qui reste libre ?

— Cela deviendra un petit bureau pour mon mari, puisque nous ne nous quittons plus... Bonsoir papa, dors bien ! Tu verras ! dans quelques jours tu te lèveras et au premier rayon de soleil sur la terre sèche nous sortons tous les trois, tous les quatre avec Pierrette qui repose adorablement... A demain !

De la porte encore, dans un sourire lumineux, elle lui envoyait un baiser.

Rogny songea : « Mourle ne lui a évidemment rien dit de notre entretien orageux ; sans quoi elle m'eut fait de la mo-

rale. Tout de même, il y a une qualité
que je ne crois pas pouvoir refuser à
Mourle ! c'est la discrétion ! Enfin ! es-
sayons de lire », et sa main atteignit un
La Fontaine où il prétendait prendre des
leçons de sagesse...

Un octogénaire...

« Mourle n'est pas un octogénaire, après
tout, mais vraiment ce qu'il a rajeuni,
le salaud ! »

— Tous les cinq.

— Tous les as, c'est bien ma veine !

— Cinq et six !

— C'est ce qu'il m'aurait fallu ! quatre et deux.

— Tous les six. Je te bouche !

— Mourle, tu as une chance de...

— Beau-père !

— Bon ! Bon ! J'y penserai !

— Tu feras bien !

— Ma partie n'est pas bonne !

— Attendons la fin !

— Attendons-la en reprenant un petit calvados.

— C'est bien pour te faire plaisir !

Le patron s'empressa, une pinte de grès à la main : « Il n'y en a pas de meilleur en Normandie. »

— Ça c'est vrai partout, en Normandie, dit Rogny en riant.

— Allons, joue.

— Toujours solides ces deux vieux, souffla au patron un gars en belle blouse ; ce père Rogny ! il était affalé comme deux ronds de tarte ! Il en a repris !

— Et l'autre, (le patron baissa la voix) un as. Une pièce de soixante-cinq ans, pour le moins et une petite fille d'un an dans le ménage... il n'en craint pas !...

— Savoir s'il en ferait un autre ! rétorqua le gars.

— Mais mon garçon ! au coup de poing, pas sûr que tu tiennes le pari ! Regarde ses éclanches !

— Et il piétonne ! Je l'aperçois souvent de ma carriole. Il boit la route ! Mais il a peut-être un grain ! Ça conserve !

— Un grain ?

— Oui, il a l'air de se raconter des histoires, tout seul, et il fend l'air de sa trique... des moulinets ! Je l'ai vu un jour qu'il n'avait pas l'air bon !

— Il est bien tranquille !

— Oui, à sa partie ! m'est avis qu'il a la boussole sensible à certain vent ! Après tout, il ne fait pas de mal.

— Non ! M. Rogny et lui, c'est du bon monde !

— Patron ! cria Mourle.

— Voilà, Monsieur !

Mourle tendait un petit billet. Le patron rendit la monnaie : les deux amis se levèrent.

— Tu rentres ? dit Rogny.

— Non ! je vais jusqu'à la mer.

— Alors ! à tout à l'heure.

— C'est réglé comme du papier de musique, confia le patron au gars. Ils n'arrivent jamais ensemble et ils se quittent sur le pas de la porte et chose curieuse, ce sont toujours les mêmes paroles qu'ils échangent.

— Et pendant la partie, ils ne causent pas beaucoup !

— Oh ! il y a des gens qui ne peuvent pas jouer sans gueuler ! Eux, ils se taisent et gardent l'air flegmatique. C'est le genre parisien, le genre distingué. J'avoue, que comme patron de café j'aime mieux ça. S'il n'y avait que des gens comme toi, on ne s'entendrait pas ici... et ce serait du propre l'été, quand les Parisiens viennent.

— Bon ! t'es tout de même bien content, l'hiver et le printemps d'avoir les gens du pays. Et puis t'es plus tranquille

rapport à ta femme, parce qu'il y a moins
de gens pour lui faire la cour.

— S'il n'y avait jamais que toi, je crois
qu'elle ne lèverait jamais les yeux de son
journal ! coq à la manque !

— Allons ! pas de mousse, vieux ! à la
revoyure !

Et le gars s'en alla, se dandinant.

*

Cette partie, au café, deux ou trois fois
la semaine, c'était Cendrillon qui l'avait
obtenue des deux ennemis. C'était le
gage de bonne entente, un bouclier contre
les médisances de Tilly. Rogny, mis au
régime par Cendrillon, se portait mieux
et sortait assez souvent, mais seul. D'ailleurs il était trop faible pour participer
aux randonnées que Mourle s'offrait dans

la campagne. Il avait semblé à Cendrillon
que l'on jasait de Mourle dans le pays.
Elle avait été tentée de l'attribuer à des
plaintes de Rogny multipliées par les
ragots de Céline. Les potins vont vite
dans l'hiver de Tilly où les femmes n'ont
affaire que de jacasser. Elle avait exigé
cette démonstration de bonne harmonie
à laquelle Mourle avait adhéré d'enthou-
siasme et à laquelle Rogny se plia.

Au printemps, la solitude de la mer
était charmante - et souvent Cendrillon
prenait le bras de Mourle jusqu'à la digue.
Devant le casino et le grand hôtel et tant
de villas d'architecture suisse ou nor-
mande, ils passaient seuls. A peine, quelques pêcheurs pieds nus, traversaient
silencieusement la plage et le quai de
briques. Les lendemains d'orage, négli-
gemment le cantonnier rejetait sur le
plan incliné de la digue, les tas de sable

capricieusement dispersés par le vent.
Le facteur n'avait rien à faire en ces
parages déserts ; les gens du pays en
avaient quelque horreur. Mourle et Cendrillon étaient donc presque toujours seuls,
au long de la vaste promenade et c'était
là, tacitement, qu'ils s'étaient accordés à
parler de leurs affaires. *Tranquille-Abri*
leur paraissait tout de même un peu
hostile. Les murs n'y avaient pas d'oreilles
mais les cloisons minces étaient des porte-
voix. D'ailleurs, ils n'avaient guère d'affaires. La plus importante pour Cendrillon
c'était la contenance de Rogny vis-à-vis
de Mourle.

Peu à peu, la saison s'avançant vers
l'été, la promenade leur appartenait moins.
Des propriétaires venaient mettre en ordre
leurs villas, en vue de locations. Les
plavetures de bois tombaient, laissant
voir le petit luxe des bow-windows et des

vérandahs. Des châtelains des environs,
qui avaient bâti là, en un esprit de spécu-
lation, encombraient la digue des bords de
leurs grands chiens.

Un jour, un de ces hobereaux la salua :
« Qui est-ce ? » demande Mourle. — Je ne
sais pas, je n'ai pas vu ! — Ce monsieur
qui vient de passer, dit Mourle en se re-
tournant. « Connais pas. » Le personnage
les croisa à nouveau, salua derechef.
Mourle rendit le salut. « L'as-tu reconnu
cette fois ? » Cendrillon rétorqua vivement : « Ne réponds plus à son salut. »
Mourle eut comme un pincement au
cœur... Ce *devait être lui !* Une jalousie
rétrospective le fit souffrir. Cendrillon,
à son bras, paraissait tranquille, trop
tranquille... Mourle était trop agité pour
prendre avec Cendrillon le tour enjoué
qui lui était habituel ; le temps qu'il se
remettait, sans doute, elle reprenait tout

son sang-froid, car dès qu'il put plaisanter, il la trouva rieuse. Tout de même... un pli des lèvres.

En rentrant il scruta le visage de Pierrette, pour y rechercher quelques traits du visage osseux et régulier de ce passant. Il crut un instant noter une ressemblance. La fillette se colla dans les genoux de sa mère. Mourle se prit à rire ? Où avait-il la tête ! Pierrette ne ressemblait qu'à sa mère. Et cet enfant ! Si plus tard, une similitude la reliait au père réel ! Lui Mourle, il ne serait plus là pour s'en apercevoir ! A quoi bon se tourmenter ! Pourtant il y revint : « Voyons, Marthe, mon petit Cendrillon, tu as bien reconnu ce passant, puisque tu m'as demandé de ne plus répondre à son salut.

— J'ai eu tort.

— Mais enfin tu le connais, son nom !

— Ne monte pas sur tes grands che-

vaux !... cet accent farouche pour dire :
son nom ! c'est une scène ?

— Cendrillon ! — Je me souviens !

— Ah ! tu as tort !

— Ce n'est pas cela que je veux dire !

— Je ne te comprends pas, je ne te
comprends plus du tout, mon cher ami
(des larmes perlèrent à ses yeux !)

— Cendrillon, je t'ai froissée ?

— Non, mon ami, mais c'est la première fois que j'entends ta voix se durcir
en me parlant.

— Mets que je n'ai rien dit.

— Écoute, ami, cet homme, je ne sais
plus son nom... Mais je le connais, je l'ai
vu chez cette bonne femme que mon
père appelait la comtesse d'Escarbagnas.
C'est un galantin qui court après toutes
les jupes et je t'ai demandé de ne pas répondre à son salut, d'après sa réputation,
car, je l'ai à peine vu ! Mais je sais que si

tu saluais, il en arriverait à te parler,
à te rencontrer au café ; il tâcherait de
se faire présenter à moi à nouveau. J'ai
horreur de ce faraud... c'est toute la
vérité, ami.

— Mais tout cela est inutile. Je t'avais
demandé son nom, comme je t'aurais
interrogé sur ce point très grave : Faut-il
oui ou non, prendre mon parapluie ?

— Bien sûr ?

Mourle haussa les épaules, et comme
Pierrette se roulait sur le tapis il l'enleva
à bout de bras. « Bonjour l'enfant à ses
parents ! » L'enfant battait des mains.
« Je lui rapporterai une poupée de caout-
chouc. »

Il s'écria :

— Rogny ! eh ! Rogny !

— Plaît-il ?

— Le porto et les cartes, au petit
café ?

— C'est que je...

— Allons, papa, cria Cendrillon, les cartes et le porto, **au petit café, ça te fait du bien !**

— Allons ! c'est pour t'obéir !

— Voilà ton chapeau, beau-père, s'écria Mourle, en lui tapant sur l'épaule (première marque de familiarité qu'il lui ait donnée depuis longtemps). Il tient bien, ton père, Marthe ! il est plus solide que moi, déclara-t-il en pouffant de rire !

Cendrillon le suivit d'un regard mélancolique. Elle se doutait bien qu'il avait deviné juste, mais qu'y pouvait-elle ? et Mourle cheminant aux côtés de Rogny, maussade et silencieux songeait : « Ce doit être lui... Mais Cendrillon doit dire la vérité en ceci que le revoir ne la touche aucunement. Les femmes ont une faculté d'oubli extraordinaire. D'ailleurs cela me

regarde à peine ; je n'ai pas eu à en souffrir. »

Mais l'homme est ainsi fait qu'il souf-
frait.

Cendrillon trouvait son mari changé.
Lui, si peu mondain, s'intéressait à des
sports et sous prétexte de divertissement,
se faisait inscrire à une société de tir et
prenait une action de chasse. Le prétexte
était de donner quelque intérêt à ses pro-
menades ! Il avait tant battu les environs !
Emporter un fusil, c'était presque se préciser un but. Cendrillon n'y prenait pas
trop garde ayant d'autres soucis. Rogny
baissait ; puis elle était agacée de la cour
muette mais insistante, courtoise d'aspect, insolente de certitude câline que lui
faisait Favère, ce passant entrevu et

qu'elle connaissait trop bien. Elle était
irritée de cette façon de passer à cheval
lentement devant *Tranquille-Abri*, de ses
saluts sur la digue auxquels maintenant
Mourle répondait largement, sans toute-
fois se laisser aller à une conversation :
« Ce n'est pas ma faute, Cendrillon ! Le
comte a des actions dans la même chasse
que moi et bientôt même nous devons
tirer ensemble à l'oiseau de mer. Là, la
rencontre est inévitable. Tant pis ! ça ne
t'oblige pas à le recevoir chez toi, s'il
continue à te déplaire. »

Une après-midi Mourle rentra et posa son fusil dans un coin, très calme.

— Je ne chasserai plus, Cendrillon.

— Et pourquoi ? cela t'amusait !

— Mais j'ai failli faire un malheur ! Est-ce une distraction de Favère qui d'un mouvement brusque se sera placé dans ma ligne de tir, ou est-ce, ce que je croirais plutôt, que ma vue faiblit ?

— Ah bah ! certes non !

— Si, si, elle faiblit.

— Mais, continue, dit Cendrillon qui paraissait oppressée.

— Le fait est que Favère m'a affirmé avoir entendu siffler à son oreille mon plomb de chasse... Hein, une ligne ou deux près..., si ça avait fait balle !... Non, je ne chasse plus.

Cendrillon était devenue très pâle. Elle vint vers Mourle, lui prit les mains : « Il est aussi mort pour moi, depuis longtemps, que si tu l'avais abattu. »

Mais Céline entrait en criant : « M. Rogny n'est pas bien. Il demande le médecin. »

— Je cours auprès de lui, Céline... Ami, va chercher le docteur.

Un souvenir se levait autour d'eux.

— Tu te souviens, ami, du petit hameau de la forêt, quand tu es allé chercher le médecin pour la petite.

Ils s'enlacèrent un bref instant. Tout le parfum de leurs épousailles réelles, revenait les enivrer.

Cendrillon se dégagea : « Cours chercher le médecin ! »

— Je vais et je reviens !

Et leurs mains se serrèrent en une étreinte cordiale, une poignée de mains prolongée et confiante, un gage de solidité de leur union, pour de longues années. Mourle courait radieux et c'est presque souriante encore que Cendrillon s'empressait vers la chambre de Rogny.

Les funérailles de Rogny furent brèves.

Des fournisseurs seuls suivirent le convoi ; leur défilé devant M. et Mme Mourle, si discret fut-il, semblait une multiple prise de commandes. Les femmes du pays, à distance, regardaient. Quand les Mourle repartirent à pied du cimetière assez proche de leur maison, graves et tristes, une vieille, une amie de Céline confia à sa voisine : « La pauvre dame, elle a perdu son père ! La voici bien plantée avec un mari aussi vieux que l'était son père. »

Un autre disait : « Est-ce son père, qui est mort ou son mari ? »

— C'est son père. Faut-il qu'une jeunesse soit folle pour se marier avec le tombeau !

— Mais tout de même ce vieux ! il lui a fait un enfant !

— Pensez-vous ! jeta en passant, une petite bonne.

Et le garçon épicier sourit avec finesse.

FIN

TABLE DES MATIÈRES

ACHEVÉ D'IMPRIMER POUR
F. RIEDER ET CIE PAR
F. PAILLART A ABBEVILLE
EN JANVIER 1925